你与青山各执一个战无不胜的春天。

她耳边的火焰，
烧了一年又一年。

少年就是不熔于世俗的诗章,
犹如炫霞般斐然的一行。

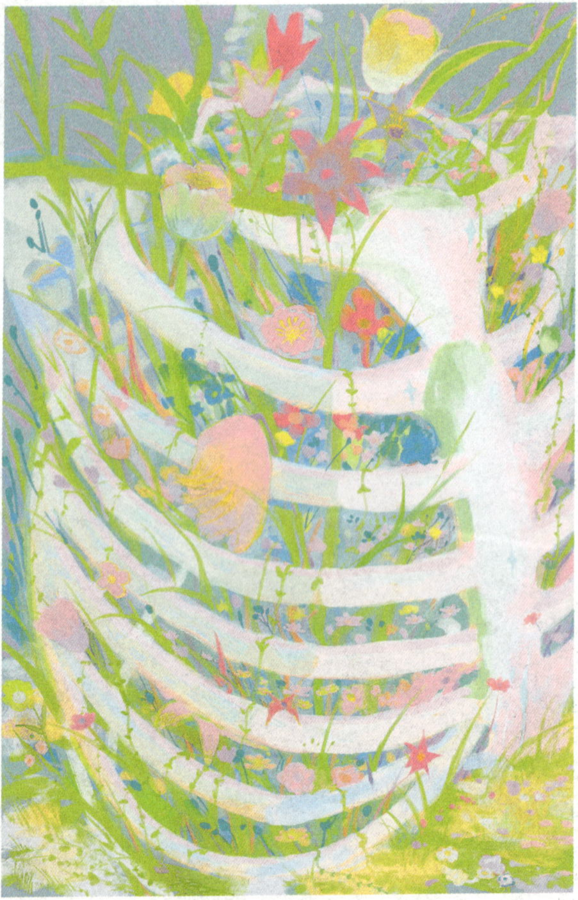

纵然披着再厚的璞衣,
我也原是美玉。

又何惧一个春天的心剖骨剔。

爱是舌尖最初的一颗鸢尾，

怦然，明亮，破碎。

她的心脏是玻璃皿，
盛放春天纤细的尸骸。

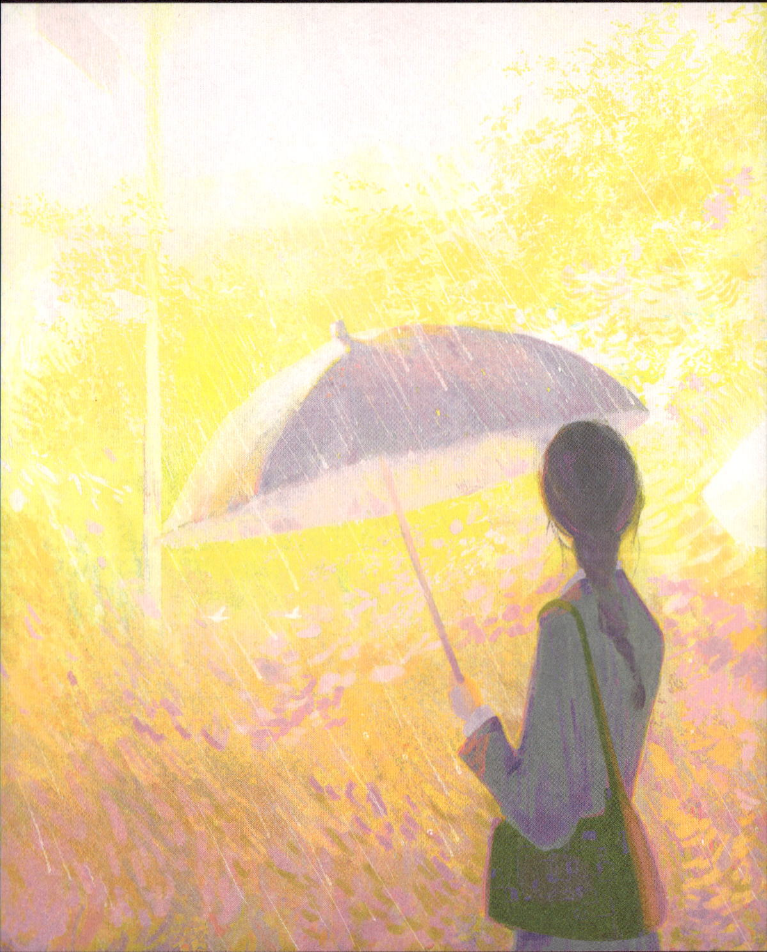

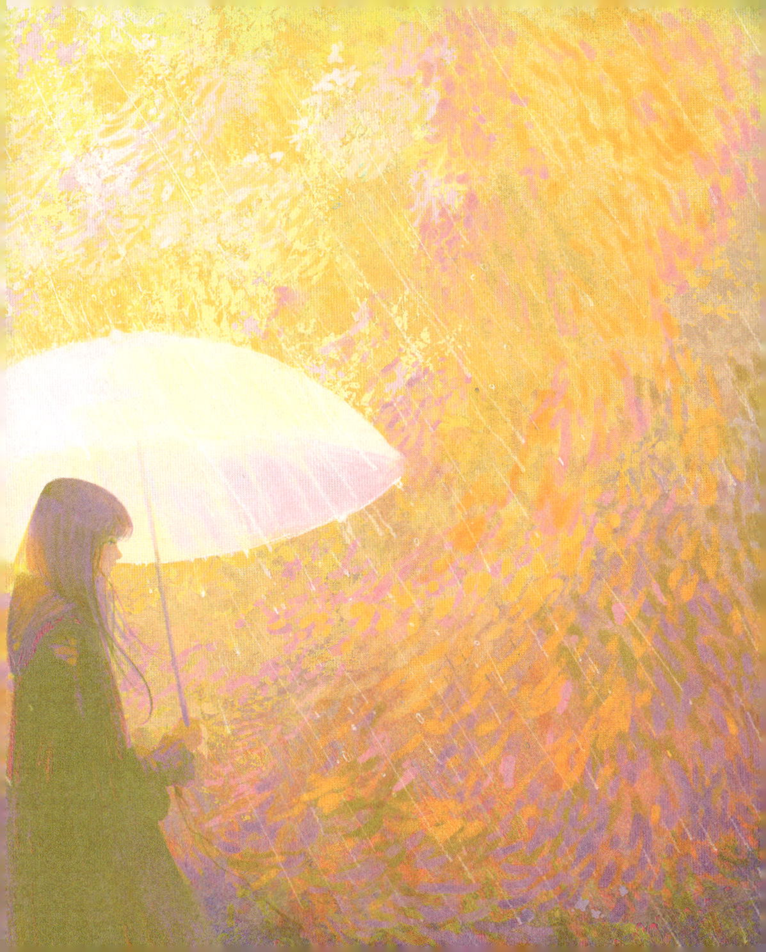

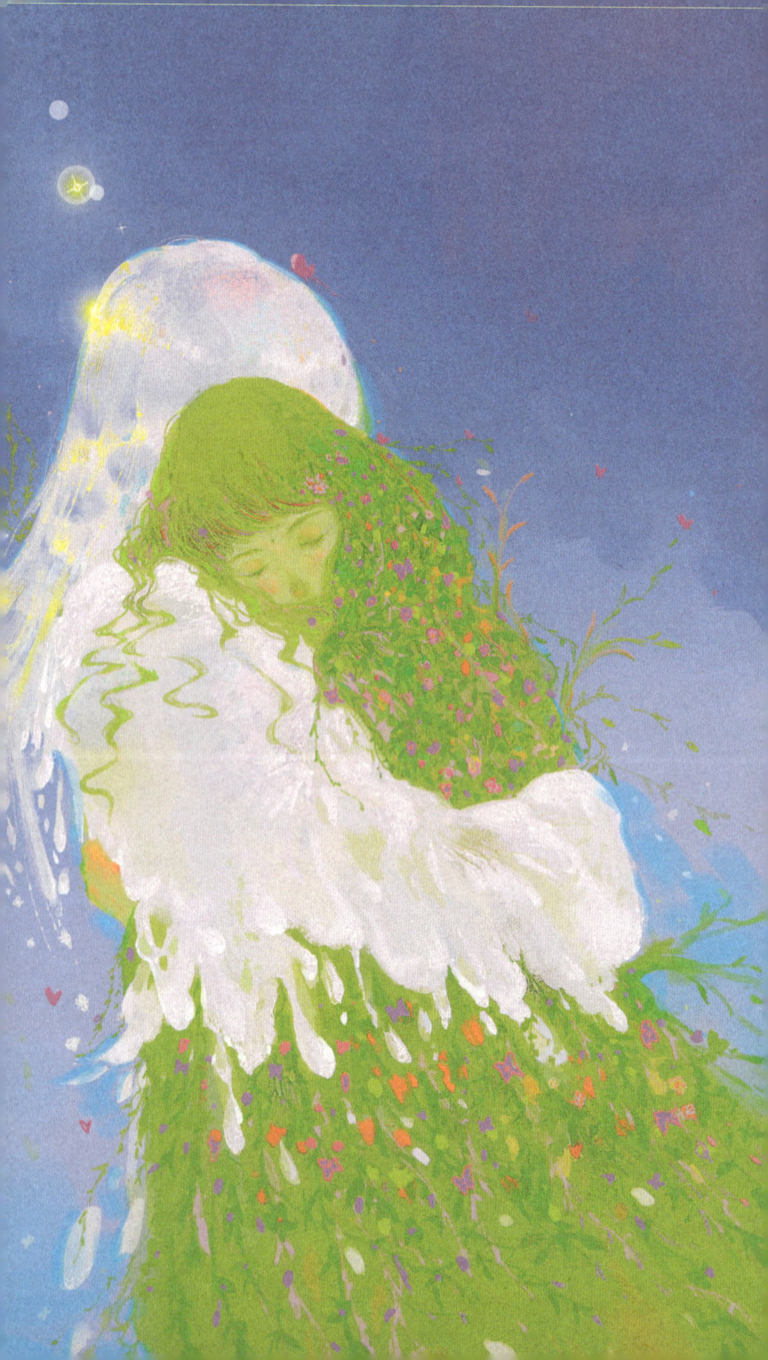

杀死我总不必多费口舌,委屈,沉默,骨缝里的烈火,
你剖开皮囊见我坦荡的脆弱,

世人便葬我,
以黄昏五千朵。

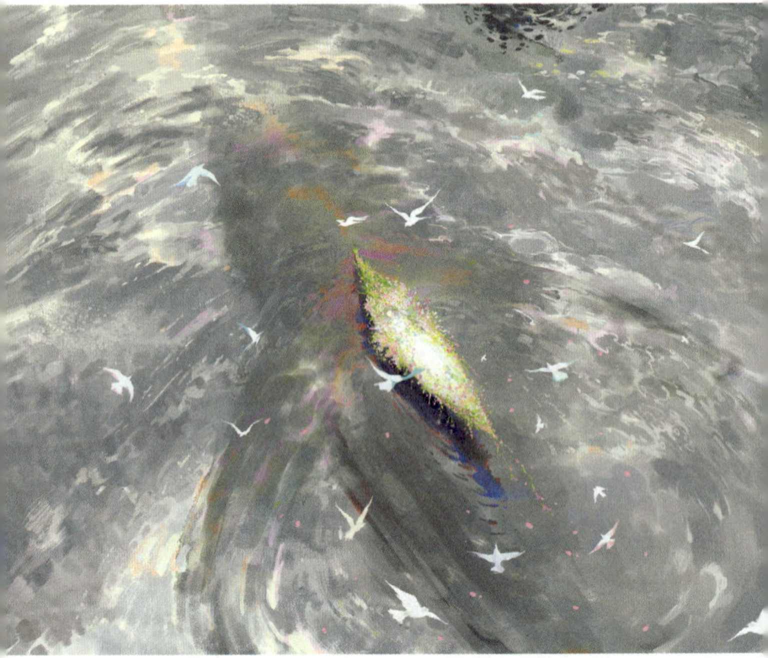

难七
苦八
。

无妨，每一步
都是我同命运，如虹的战书。

第二辑 我一生的齿痕与碎瓦

020 西游
021 战书
022 征衣
023 行路难
024 棋逢对手
025 给少年
026 蝉蜕
029 毕业歌

035 走马观花
036 旧屋
037 父亲
039 金属水乡

目录

第一辑 少年自有晴空万里

- 003 自成春色
- 004 群青
- 005 我
- 006 荷
- 007 登场
- 008 通牒
- 009 争渡
- 010 枝上春
- 011 心事
- 012 相框里的夏
- 013 铸剑
- 014 修饰语
- 016 岁月
- 017 惊蛰
- 018 鸿门宴

073 后主
074 屈子
075 荆轲
076 长歌
077 不折
078 赠别
079 火焰
080 滴泪曲
082 葬我
083 驭诗
084 镜中书
085 憾
086 韶华
087 谢春红
088 折柳枝
091 妖妖
093 达利：面部幻影与水果盘
096 荷尔拜因：死神之舞
099 蝴蝶夜
100 阳光春日宴
102 小国度

第三辑 一页久病的含情书

041 倒塌
043 买花
044 春水江南
045 新古都
048 旧章
049 白璧
050 忏悔录,或涩果
054 致未生之地的湖泊
056 火焰的骨头

071 春昼蜉蝣
072 含情书

124 病愈
125 梦碎片
126 纯白者
127 陈述句

第五辑 杀死樱桃，我满手是诗

131 樱桃与诗
132 年轻的琥珀
134 囚徒
135 夏天的疤痕
136 心脏里的玫瑰
137 多肉月亮
138 夜晚
139 自画像

第四辑 你是我相思在籍的月亮

- 109 青夏
- 110 相思
- 111 永生花
- 112 收音机
- 113 桂落
- 114 单刀会
- 115 受潮的诗
- 116 注视
- 117 花之吻
- 118 雨季
- 119 雪之痂
- 120 霞吻
- 121 围城
- 122 朝生暮死的情人
- 123 餐桌上的歌剧

140 她
142 遗址
143 迷路
144 拼接我
145 留守二〇〇〇
146 不必着陆
147 黑夜全勤奖
148 橘子图书馆
150 倒悬
152 高速夜路狂想曲
154 水果乐园
157 仲夏夜凶手
160 玻璃猫与糖医院
162 永夜乡
164 夏日的瘀青

第一辑

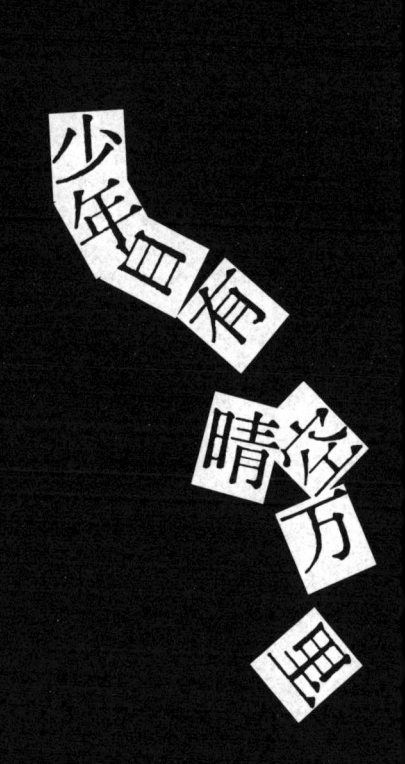

少年如昨晴夜万里

自成春色

凛冬踉跄,他欲去谋春一面,
天地拦他以万里风的莽苍,
一岭接一岭雪色茫茫,
再添些苦诗断章,
皑皑在他肩上。
可他挣开那些力竭的山岗,
连同流血夕阳,
意气高张剑指扶桑,
跋涉过重山倦水得见百花韶光。

原来少年
本就是艳阳天里莺飞草长,
野火烧不尽的三春浩荡。

群青

曾执迷于你眼底的群青,
有关年轻,鲜活不驯的野性,
有关虚张声势的爱情。

可我凡人的手指,
捉不住十六岁的云,
也无法豢养嚣张的爱、恨和命运。

我

直抒胸臆还管什么平仄,
我才不要被对折,
做大雨漫天的针脚,
不整齐的丘壑,
去做旁逸斜出的笔墨,和赤壁的火。

书上说,
诗有四声八病,押韵合辙,
可我就只是我。

荷

我有洗不净的泥泞,
有枝蔓、涟漪、潦倒险韵,
和多年不得昭雪的瘀青。
你眼里的亭亭,
不过是我以血为引,
同黑暗声嘶力竭的争鸣。

他们怎能封住我身上的黎明,
我肩上早是一盏,繁夏的光阴。

登场

朝露凝烟凌云弦,
群峦眉峰青玉剑,
少年怎会怕被推到台前。

他身后站着的,分明是
一十八个千锤百炼
浓墨重彩的春天。

通牒

少年是夏季的青草香,
肆无忌惮的目光,
是艳阳沸腾热浪,手心发烫,
野草呼啸着疯长。

这样惊心动魄的词汇,
是我轻狂昭然若揭,
又叛逆天真无邪,
向这世界,
第一次也是最后一次发出通牒。

争渡

我知残雪将朽,春枝终锈,寒蝉生不与清秋,
　　　　高堂明镜凋白首,大梦难挨隔夜愁。
我见红颜折于杳杳空昼,浪花淘尽英雄舟,
　　　　　　天地情分不过觥筹杯酒。

然而命运渡口,亦愿孤掷我一生的湍流。
　　　　千疮百孔,不死不休。

枝上春

少年自有晴空万里，
有蓝天帝国、白云梦想，
意气风发诗千行，
把瓢泼天光熔了，去铸宝剑形状，
洋洋洒洒，肆意昭彰。

日子好生葱茏滚烫，
谁误写春光，谁才是真江郎。

心事

他望江南,弹朱弦,读花间,
把满腔心事烫进婉约词里面。
其实少年的心口多浅,
只盛过区区十九个春天。

相框里的夏

夏日无尽燃烧,
风镶着葱茏的绿衣角,
闭上眼,
整个世界都悬停于最璀璨的一秒。
空中留下飞鸟铸成的轨道,
我们是漾在光河里深白的影子,
被时间柔软地装裱。

铸剑

少年啊快马加鞭,
以葳蕤的肩,去擎那飒飒云天,
世俗的冷语酸言
落在手里,便是一把薄霜开刃的剑。

修饰语

"她是玲珑、白皙、温柔、不谙世事",
"她是强壮、黝黑、野心、饱经尘寰",
我不要限定词分化出性别,
我要一切正向的修饰语奔她而来。

她是添香的红袖、依依的柳,是青丝和白头,
是历史湍流里耗费千年修炼成人形的偏旁部首,
泥泞血污里昂头尖啸的伶仃孤舟,
是骈四俪六、锦心绣口,
是高山溪流、浩瀚春夏。

她是刀尖,是纸背,是开了刃的雨和风,
是一切锋锐有力的意象。
她是她们坚不可摧的自由。

岁月

"卿相啊卿相,怎就露了怯。"

"遥想少年当时明月,
也剔千层雪。"

惊蛰

少年别怕寒冬严,别怕风霜剑,
好景色都在百转千回处险之又险,
欲攀群峰怎能怕刀尖。

好在你并非手无寸铁,
待百花还时拂落一身白雪,
你与青山各执一个战无不胜的春天。

鸿门宴

事实上,我来不及看月亮最后一眼,
大雪就压满了双肩。
日子像本拙劣小说,起承转合忘记伏线,
颠沛坎坷也没铺垫。
只是不由分说,染就遍地烽火狼烟,
我措手不及,于是额角挨他一鞭,
痛得哑口无言。

也罢了,生活有明枪暗箭,
而我有二百零六块叛骨铮铮,
只身赴他,天罗地网鸿门宴。

西游

此行路远,
先振白玉衫,后承明月冠,
踽踽踏破千座冰川,
再孤身披尽万山萧瑟波澜。

九九八十一难,
方许我,大道阳关。

战书

世事多沉浮,
眼见大雪穿了青山的琵琶骨,
　长风磕碎残阳眉目,
人间信笔在我身上雕镂下
　　　七难八苦。
　　无妨,每一步
都是我同命运,如虹的战书。

征衣

哪里需要紫缎蟒袍黄金织,
霞光一骑八百里,
俱是我
锦绣征衣。

行路难

我不要春色呆板,
不要画里的山,和搁浅的星汉,
我爱铁马冰川,长剑出鞘的铮然,
爱横风纵雨聚于笔端,
爱九州一色的群峦,折月入我眉弯。

此间浩瀚,
不至虎穴龙潭,怎见少年肝胆。

棋逢对手

怕什么成王败寇,
我偏要去和生活棋逢对手,
任他浅碧深红,压弯厚重春秋,
任他颜色淡浓,雨疏或是风骤,
我自有无涯白云舟,
兀兀立于风尖浪口。

给少年

少年啊
趁着还未被折断天马行空的翅膀，
　　给你我关于蓝粉色的想象，
　　　　将世俗的屋檐拭亮。
趁着光未沉落心墙最后半扇花窗，
　　给你我十八年不问归期的守望，
　　　　把蝉鸣灼灼的盛夏一唱再唱。

蝉蜕

早晨六点半,准时脱掉睡眠
穿上眼睛、耳朵和鼻子,
嘴——揣在口袋里
暂时没有用武之地。
楼梯,起伏的移动
沿着狭窄的脊柱,收敛翅膀
一直坠下去,
思绪比躯壳先着地,摔得软烂。

如何骑电动车?我会告诉你
一只温良的兽,驯顺地
塌陷进晨光,然后
风滑腻的脂肪把一切吃下。

黄花镶绿,围栏外面是新鲜的人间
皮肤如此薄,街道贴着我的脸
颈动脉一样忸怩地跳动。

沿着水泥绸绢构建幻想
向后仰面,充血的青绿簌簌
涌出虹膜般的花,透明
有预谋地被新生,一种狡黠
正反两面皆未经切割,光与影鏖战不休
而它作壁上观——连时间也赦免了,
不留把柄,如同对于腰身厚度

那恒久、精密的谨慎。
日子也能够蜕壳吗?衔着葵花子
轻轻那么一嗑,牙尖剔下一粒
肥白丰腴的新生活,人们透过
我胸前的枪口,与内部
古铜色纹理洞然对视着。

毕业歌

天使正在我的酒杯里,但好前程显然
　　不在。熟透的狐狸从我身上掉落
喝再多月亮也长不出心脏,疼痛钉在
　　胸腔的空白处如同一颗草莓塌陷进奶油。

　　　　在天黑之前,我亲爱的愚者
你要穿着一支火烧云跳最后的舞,苹果骨的琴弦
　　弹响后,所有人将不约而同地忘记你
比忘记昨日飞鸟银色的喉咙更快:花窗上
　　还摆放着她的棉花糖倒影。衣褶把乳白的波纹
　　拉成一张百合瓣象牙弓,眼泪是夜晚
削断的羽箭,沼泽里猎人肩上驮着尖吻的头颅,
我在红珍珠面具下一直微笑,直到石膏背面开出
　　孔雀的眼睛撕咬血肉,直到你的脸
　　　　　消失在面具后面。

我捏着冗余的学位如同
怀抱一只深蓝叉尾猫,纸上的疤痕
昭示着那场手术的失败性:多年前她裁开翅膀
种植的文学、梦罐头和绞刑架,正恶化成
开着癌细胞的花症。你一天天透明下去
却繁盛得像风暴的葬礼。

再多写些诗吧,
这样你死后,他们能从碎玻璃中拣出明天的墓志铭——
要仔细!那刻痕太过清脆,你一生都轻于蝴蝶
在植物脉管上窝藏晶莹瘀血的小牙印。是时候了,

随着最后一声巨响,粉绒的废墟朽坏
滑入甜腻如蛋筒的焰心,壁炉垂翼
　　悬挂糖浆里欲飞的神,
我反复剥掉眼眶上桃花的鳞片
　　哭泣的旧手指被歌声攥紧。

　　　　必须离开了
　　　一切都不再欢迎我,
　　伊甸园带露珠的水果盲盒
请你挑一个拆,务必在众多罪孽里选出最深重扭曲、
　　　　离经叛道的
　　来指认我,就要滴着血的那颗吧!
　　这罪要比毁灭更丰饶而酷烈
　　　在狂乱的玫瑰般的刑期中,
　　　　我将前所未有地看见自己。

第二辑

我一生的齿痕与碎瓦

走马观花

写了生命里好些风霜,
残损月亮,大雪衣裳,
苦海里跋涉的踉跄,
小心翼翼,焐热了才敢递到你手上。
可你只淡写轻描施舍一瞥目光,
万万不肯端详。

于是我一生的齿痕与碎瓦,
被你走马观花。

旧屋

再默许一次她的造访,
旧屋的红木地板,白墙,
如一面布满灰尘的软腭
覆盖她瓷器的缺口,
斑驳、残碎,写满字的肌肤,
她落难的童年。
开阖的门,那囫囵的喉咙
吞咽过许多盏中药,
壶底是些反复熬煮过的
浊苦清瘦的日子。

阳光抵在额头,
她破绽百出,踉跄着
像探索暮色一样,
探索熔于大火的时间。

父亲

日子的标本
被安置在玻璃橱窗里,
由一个男人
细细镶嵌炊烟。
他如同老旧漆器般温暾、平润,
早已向骨头里的风暴缴械,
被没收了体内所有棱角。

日渐磨损的是一位父亲,
白发的持有者,
背负着越来越疲重影子的行客,
无关那个
自由、轻盈,
与麦田和风结盟的少年。

金属水乡

  暮色灰灰旧旧地浮动在楼房之间，
斑驳，掉漆，人们脸上的另一层水泥。
女人起身去阳台收些衣服，步子清脆地
   掷在地板上，在桌椅回声里
  优游，带有花梨木纹理的渔具，
    恒久垂钓着她的裙角。

地毯与绒苔，呈现互文的修辞手法，
 好在亚热带气候默许了这种滥情，
  女人鬓发微湿，被卧室的床角收留，
她反复打捞十二年前嫁出的那只玉镯，
背后玻璃窗上是大片大片茫然的瘀青，
   ——水声越来越大。

老旧的翠色蚊帐,最后一张网,
慈悲的垂眸,细细密密、蓄谋已久地
怀抱着空空的江南,日暮乡关,
她萍生的青春。

倒塌

木头窗台在比他更早些时候
　　枯萎,连同那把断齿梳子,
老人从肺部咳出一张皱巴巴的
　　冬天,生了陈锈的手指,
计数药片,迟缓地,一颗又一颗
　　布洛芬,飞蛾扑火的橙色。

令他想起许多年前,女儿结婚时
　　吃到的饱满肥厚的蟹黄,
那时他肩檐上风霜很浅,未被施以
　　衰朽的重刑,大理石身躯
　　轻易地撑着一小片穹天。

全家福上他们参照镜子画出幸福晕红的脸。
餐桌正在剥橙子,
孙女吮吸着它晶莹剔透的骸骨,
汁液从她指尖垂落,摔碎。
锁骨至第六根肋骨间,酝酿着震耳欲聋的
悲伤和血泊,他把历史藏在衬衣口袋里,
如枯叶般沉沉睡去,一个时代
在他身上轰然倒塌。

买花

妇女节,她给母亲买了花。
娇艳得滴血的玫瑰是一瓣瓣被剜下的翅膀,
内衬薄纱上镶了珠子,光洁圆润,饱满得像
母亲多年前少女的额头。
苍白和嫣红恒久地对望着。她在贺卡上写:

"祝我们都能跑到房子外面去。
祝我们永远自由,永远无边无际。"

春水江南

你把三两春意斟满,
同东风痴缠,推杯又换盏,
骗我饮下此去经年的劫难。
后来我等到雨意阑珊,
你终究没来撑伞。

只道霜色苦繁,岁暮将晚,
浮生半晌弹指诉不尽悲欢,
也还会有落拓的遗憾。
毕竟我最是锈迹斑斑,
不是你顾盼流连的春水江南。

新古都
——记艺都花鸟市场

群鱼袅娜,珍珠白的绸衫
包裹雕花细血管,隐隐流转
　紧绷的肉色,苦玻璃
　封印一扇缭乱的万花筒,
你虚晃红缨枪,团玉应声崩碎
衣香鬓影,酷肖浓梅的散珠。

西洋旧沙发戴着花纹面具,大张着
　口衔漆红的提琴,一株圣诞老人
　正吹奏空音,桃木箱衣袂上
　留声机徐徐开出古铜叶瓣。

　　　　地摊琅然
如春草,谁就着朱色大床单
　卖朝代?我掉进去

檀枝屏风锁了太多妩媚的
冤案，经年透骨冶艳
我把葱管般的指甲铰落成玉钗，
对面掐金叶玻璃罩灯和蟠龙铜器间
粉雕玉琢的大卫，郑重地
编织时间的荷花子宫，烛台葳蕤
没点火，却斜逸出一舌
影绰枝蔓的吻。丝帛风流的贝齿，正向你
招摇鼎鼎大名的西厢，
"万众皆迷画中仙"，我们背对明镜台
等她变薄，薄成罗绮上的桃红吐蕊
便挣脱夕阳的指纹，轻轻撕开
身上的湘妃斑，走向下一座大观园。

玛丽亚的舞裙是支昏旧的花瀑，沿着故乡
婆娑的孔雀翎，每处啼痕
都旋开一棵亮鸢尾。
你把脚步对折，木地板上悱恻的秋天
浓得像宣纸泛黄的古典画，
我是晓来谁染霜林醉，一场骨骼纤细的
小型烟花，从元代直烧到墙角
暮霭沉沉，唱着柔软的
吴侬语，旧梦微焦
重叠黄昏心脏里空旷的肖像。

旧章

时间把我从扉页剥离,
眼眶中疯长的蔚蓝夏季,
最终成为断壁残垣的故事集。
无非失去许多人,再写许多字,
从那时起,
我身体里的陈旧已无归期,
褪色,皱褶,道叛经离。

谁也不知道,那天月色飞驰,
大半个小镇被抛在身后梦的子宫里,
我的遗憾往左数,第九章是你。

白璧

纵然披着再厚的璞衣，
　　我也原是美玉。

又何惧一个春天的心剖骨剔。

忏悔录,或涩果

每天把注视你的目光
一根根掰折在掌心,妈妈,我总怀揣严厉的
忏悔。妈妈,我必须坦白
二十年前,是我
吃掉了你的女儿。

她很甜美
秀发乌黑,有着牛奶的肌肤
心脏像颗健壮的红苹果,从不会顽皮地挑出
饭菜里一截长袖善舞的葱段。

她不早恋也不偏科，每场考试
都矫健地衔回漂亮的成绩单，令你面容舒展如
松软的花翼，当然她的理科同你一样好，
精通那些可口的线代魔术，数字亲吻她的指尖时
幼兽般亲昵且灵敏。
她的理想是公务员或者教师
有一日会穿上你年轻时水蓝的制服，在二十岁
有满抽屉远大前程。

"2.26 周一 天气晴
咬了一口果肉,
满嘴苦涩。"

而我们,
妈妈,被红色城池里燃烧的棘丛
穿过血管,我卑鄙的疼痛
日复一日震悚你。陈旧而迷幻的雨滴
融化我们生身的镇子,如同
只只裹满奶油的匕首,妈妈,妈妈
我多希望那时你子宫的厚棉被下
安睡者是她,那漂亮的小姑娘
冰雪聪明的孩子,你的掌上明珠。她会比我
拥有更馥郁有力的心跳,她的爱
近乎珠宝,有种适宜发布在朋友圈的
天然的昂贵,妈妈,为什么偏偏
是我降临于此?

"3.22 周五 雨
想要轻手轻脚地消失
离开时带上门,假装从未来过。"

妈妈,你听见那歌声了吗?你的幸福
一定会比我们所有的许愿
更加远大。

致未生之地的湖泊

夜晚铺展开绛色穹顶,松林,酒红的弓与琴。比死更壮丽的宫殿。旷野中湖泊流丽如燃灯的窗扉,对徘徊于此地之人慷慨地敞开。

空气里大股陈旧的桂花味儿,是陈旧的,不是新鲜的,同我刚踏进江南秋日时闻到的一样,在凉下来的季候里缠绕着人的气味,十年前故乡树下掩埋我的气味。

世界低垂,凌晨的天色并不很暗,无数枯涩的枝丫向天空祈求着更大的空旷,如同一束束密集而剂量轻微的闪电。

远处楼房古怪地绵延,黑夜近乎一个黄昏。

火焰的骨头

◎ 一个新年

阳光毫无保留地委身大地之时,午后街景正噙着慈眉善目的修辞,书写某种圆钝的语言。
行人和稀疏车流的影子呈现暖色调,绒线材质的,浅浅漂浮在马路上空。

街道秀气的骨子里流露出慵懒与餍足,带点母性,人们知晓此处即将分娩一个温和的节日。

他们打磨光滑的神情里,镌刻着对年岁质朴的忠诚,生生不息。

◎ 烧金

一只纸元宝走过多远的路？
高祖、曾祖、祖父，每代人
拨弄那只铜盆时都听见远古
血液的回音。在年轮的不同
刻度上，他们以亘久不变的
姿态，垂眸俯视着翕动交杂
的金银漆光，燃烧，闪烁，
化为灰烬，血脉里的声响川
流不息。

每个锈迹斑斑的脚印,都是一部经由一生构建的文明史诗。
火焰香汗淋漓。

我变成桌案上的红福橘,变成香烛的一滴蜡液,变成门楣上的幡帘,变成扑向天空与草地的灰烬,循着一切方向,朝圣我素未谋面的血亲。
最后这口陈酒,需由大地,替我饮尽。

◎ 时间

时间反射着一种骨感的光泽。
一种生息,一种掠夺。

将时间加诸你,便是加诸你衰朽
不堪又生机勃勃的比拟。
光以火焰的姿态穿透你的指节,
梳头时,你端详镜子里流出的另
一张脸。

垂老与病理的定义纠缠不清。母亲的发卡掉落在地面上。

◎ 对比色

一场火是否可熔于另一场火。
长廊延伸至光的尽头,大团躁动的冷色并不妨碍她绘声绘色地描述落日。

墙面新鲜的水渍对弈着马路陈年
的脉搏。
她攀上房顶,影子被风吹灭。
对面楼房的某一个窗格,半首诗
透过玻璃沙沙地吻她的眼睛。

夕阳在她四分之一侧脸上纤细地
流血。

◎ 镜子

习惯于从灵魂里剔下小截文字描述稍纵即逝的场景与心情,并在某天审视时如同端详镜子般与过去的自己遥遥相对。彼时彼刻,此情此景,经由文字贯穿,得以厮磨。

仿佛在黄昏皱巴巴的街角撞上一片肩膀,她回过头,递给我一个过去无法解开、现在也仍未知晓的笑容。
我以为她应该带点倔强鲜甜的狠劲,脆韧得由横冲直撞的月光和年轻气盛的青草气息组成。可她只是旧旧地看着我,像母亲许多年前织了一半的、鱼肉白色的毛线衣。

我薄薄的一小片人生。浸泡在浓郁暮光里的眼与眉。

◎ 夜晚

走入黑暗前,橙红晚霞将高楼的指缝染成血色,剩余的景物被篡取焦点,淹没在黯影里一言不发。街灯恍惚地亮起满地尖锐的碎玻璃光,电车牌闪烁着些微隐秘的橘绿。

湖边垂钓的老人静默成一轮喑哑的月亮，于无人处打捞自己落水的肉身，或者灵魂。
万物失声的夜晚，修辞成为一种冒犯，唯有疼痛是鲜明的物证，啮合在你神情的缺口上。
你四下寻找，有多少种原因，就有多少落脚点允你的悲伤暂时栖息。

一枚泪先于响动抵达土壤，次第
划破密不透风的场景，你所执着
的不过是一个渺小的议题，却遍
遍翻阅生与死的参照。
月光是可视化的黑暗。你与另一
种情感对峙，被掀开，被搜寻。

第三辑

一页久病的名简书

春昼蜉蝣

惯写金樽美酒、千古风流,
块垒浇灭在少年胸口,
写他起高楼,写他烈火烹油,
大刀阔斧,长歌不休。
偏没写过那不见底的回廊深秋,
兜兜转转啼啼笑笑,英雄就白了头。
这世上多的是庸诗碌酒、刘备的荆州,
多的是西风独瘦、将死未死的夏商周。

"可叹我命如蜉蝣,竟也曾妄攀春昼。"

含情书

你把春秋一读再读,
翻遍了兴亡谱,
读到了苍生见辜,百家争渡,山河玉骨,
读到百二秦关终属楚,迟迟又苦苦。
最终也没读到我。

你不知道,我是诗经的遗孤,
二十四史里一页久病的含情书。

后主

繁花阵里落金锁,
我生是被软禁的江南色,
看雕栏玉砌,
换了谁的山河。

词里玉帛,词外干戈,
花月何时攀小楼,
吻我的东风面,还我一具春的骨骼。

屈子

脱掉血肉里的剑与矛,
连同肩上的重涛,
楚歌起时,身披甲胄反倒画地为牢,
于是把自己捧出,交给一支临危的离骚。

荆轲

你从不是规矩门客,
白夜浪迹,黑昼纵歌,
眉骨间烧出野史颠沛的火,
我知你字字晦明,峥嵘笔墨,
也曾为我一再停泊。

只是这次你剥开故事的顷刻,
我心府里的荆轲,就该刺秦了。

长歌

我是恣意横折
一树欲滴的长歌,
不借谁的伞,也难归冬的案。

就让有史以来最料峭的一座风雪天,
刺我万万鲜艳诗篇,
赐我磨不平的傲骨与烈焰。

不折

　　我生来便是此般寂寥，
　　　　不堪为谁略折腰，
　　任青山挥毫，曙色料峭，
　　天地浩瀚我把酒迎风一笑。

　　你且走你万花峥嵘长安道，
　　　　我自有我的迢迢。

赠别

此去不需多送,
不需日暮、柳枝、酩酊梦,
也免去长亭古道、阳关怔忪,
那么多俗气形容。
我两手空空
只携半袍意气,三两孤勇。

你欲见我时,我便是春风。

火焰

关于诗里繁文缛节的伤口,
消瘦昏昼,和穷途的哀愁,
暮色都没打算追究,
只是招招手,
日子已晚入深秋。

"而她耳边的火焰,
烧了一年又一年。"

滴泪曲

写景要写车马嶙峋,
月色泫然,黑山白水一声叹息。
写情便写悲剧,
那厢重门紧闭,刚诺了至死不渝,
转首就落得个伯劳燕子生生别离,
良辰美景枯寂。

桃花骨,红楼院,千载白衣,
古今多少文章漂亮身躯,字字珠玑,
不过是蘸血谱曲。
先生啊,不够落魄失意,
可写不出好词句。

葬我

杀死我总不必多费口舌,
委屈,沉默,骨缝里的烈火,
你剖开皮囊见我坦荡的脆弱,
世人便葬我,
以黄昏五千朵。

驭诗

本想把喜欢连同枕边卷刃的月华，
都锁进眼睛，
让笔下百匹情诗放轻声音、守口如瓶，
直到南山雪下，直到鬓染白发。
可是偷偷一句想他，
就落了枝头彻夜梨花。

东窗事发。

镜中书

每一次朗声念诵,
轩窗外只听见书本散落明月、蒹葭和桃红,
万象葳蕤,花木繁荣,
所有呼吸都栩栩生动。

然而向来无人静聆她唱满苔痕的面孔,
铜镜里唐朝的音容。

憾

那年他走大道阳关,我下憔悴江南,
眼看山广海宽,牵丝尘缘转瞬就离散。
岁岁年年一轮月圆,拂人间心事满船,
　　　　半壁不甘,半壁憾。

"先生走后,我笔下地冻天寒,
　　　　再无喜怒悲欢。
　　　　来日结彩张灯,
　　世俗圆满总缺一盏。"

韶华

饶我诗笔闲愁，饶我青山空瘦，
饶我无情花与多情柳，
小楼垂危的凝眸。
若你在，这一重接一重的人间秋，
便能添些相思气候。

可惜史书与爱都讲究成王败寇，
后来我在江南尘雨里眉眼生锈，
蓦然回首，已是经年旧。

谢春红

我也曾有冰天雪地未肯熄灭的一场跳动,
月色玲珑,莽原入梦,
心脏尚有余温雕琢半盏霓虹。

可你独爱惊鸿,汹涌,
爱门前的巍然青松,爱少年逞英雄。
不爱我如今折去棱角的朦胧,
和声声沉重。

折柳枝

玉观音垂手。慈悲的浮灰
隔着缟素般的远山,鹤唳地
轻啄,她眉间分明蹙着
金井梧桐锁,却把一个流言
俏生生淌满了瓷肌骨。
新鲜的俯视盛开,目光也是尖细的
伶牙俐齿的猁猁,宛如点翠攒金簪子
斜挑在软草的堆鸦鬓。

折柳枝,折柳枝
结成环冠,嫩叶的肉身
竟如此绸滑柔韧——戴上吧,
无骨的珠箔从她发髻上滚落,圆美流转
几番,倒付与断井颓垣。

"谁叫她偏要傅面点胭脂?"
"原就容不下——"
奔流的群体,在软玉心口留下蹄印,
毫不留情碾作香泥,一步步
蛇蝎心、菩萨呀菩萨,她哭叫。
莲花摔得粉碎。烧蓝色釉,血
也是昂贵的,点滴到日光收梢处,
精致暗陈的伤痕。

章台柳，章台柳
宛然的亵衣，究竟啮合谁攀折的
妄念？红牙板、鎏银缎
一切都非完本，嬉笑怒骂皆紧致地翘敞着
痴痴皎皎缠缠，好机锋。

"昆生该罚了，唱的唇上樱桃，
不是盘中樱桃。"[1]

---

1. 出自《桃花扇·第五出·访翠》。

妖妖[1]
——致一个如同陈辉般高烧的夜晚

妖妖,疼痛中列车驶向海水的腹地,
而你像斑马和蝴蝶,活的果肉,
我关节处覆满血腥气的纽扣,
开阖,吐出青铜骑士的楔子。
高烧是座旧书店,陈列着我
二百五十八本残肢百骸,
绵软落灰的油画,

---

1. 妖妖和陈辉均为王小波《绿毛水怪》中人物。

我还没成为诗人,
狡猾的妖妖,川流不息的花,
我无法放弃春天和疾病,
只是困倦地,等待你对我悠长的收复。

达利：
面部幻影与水果盘

"我不明白，为什么我在餐厅里点一只烤龙虾时，
端上来的却从来不是烤好的电话？"[1]

你吮吸最终谜底。旷远黄昏统辖
入口即化的时间，沙漠的肋骨穿过锁芯
卵生兰花蜿蜒，那孩子啮食的是软钟
还是煎鸡蛋？我们托付流云的脸
婉约，让所有画像自惭形秽。
荒蛮肢体折叠，柔软如狮子头

---

1. 出自达利著《达利的秘密生活》。

噢！你仍酝酿一场腐烂
窈窕、情欲地红着，五官沉睡，
我拨弄器皿，静脉沙沙吟唱
秋天自相残杀的雀斑。

我们通过裂纹相互辨认。蚌壳中
诞生扭曲的皮囊，石榴血甜于蜜
抽出虎皮金箔，汤勺
反复盛舀对面的肉体，暮色中池水
晶莹，羞赧如你垂老的薄脊，
狮群静止，那颗皱苹果
或许使特洛伊免于战争的牙印。

最后她从空的地方走来,把飞鸟和塔
收进袖口,月亮乱跑
蜡烛半透明地烧着她,吻
一具苍老,忧郁的银冠落进橱柜
她惊视空旷的蝴蝶衣架——起舞吧,
没有人正比时间年轻。
玫瑰斩首的裸体伫立,坍塌的腰肢
嵌入螺壳,她在棘刺电话上拨响
空号,重叠进钟的刻度
穿上影子飞起,越过叹息墙
四处都是我们的脸,珍珠般明媚。

荷尔拜因:死神之舞

"只有死亡才能把我们分开,上帝为证。"

迷途的经纬可否指示去路?切过
一个裂帛的惊音,你亲手挑断
鲁特琴细嫩的弦。天球仪和日冕
拆了时间,开膛破腹地摆着
一尾花的金属零件。
"圣灵来到我们的灵魂中,
当一切回归尘土时……"[1]

---

1. 出自荷尔拜因著《大使们》画中书页上的圣歌。

上帝躲在绿丝绒帘幔里
尽职尽责,注视一场婚礼
或葬礼。我急急起誓
你的粉绸内衬多像
伊莎贝拉重瓣的焰心,偷藏
悖德的私香,正如藏于匕首的年龄
缠绕生机盎然之刑,我们共享
同一颗音色凌乱的心脏。

画家将死亡镶嵌在历史柔软的
胸腹深处。平视太直白
不适宜窥见我巧构的玄机,

向左,再向下,宛如风暴的舵手
即将抵达永恒的领地,
亲爱的,你为何比政治和宗教
更加忧郁?这坚固的死
坚固的城池,雍容的空脸
让来自尘世的语言充血,
连同我们
不可言说的欲孽。

"赛尔夫,多年后人们会看懂这幅画吗?"
"一切都将回归尘土,我亲爱的大使先生。"

蝴蝶夜

我是说,一个江南的粉夜
如何于你唇边惴惴,最后酥糖般
隆重地落陨?玉枝鸟穿着疼痛的燕尾服
起舞,河水温婉,树影绸滑
如一座绿色旋转木马。我看见
春神脸上的枝丫探过窗,
静谧地触摸你的眼睛。
金属簌簌涨潮,你折下病鹤般的白花
断翅满手。

阳光春日宴

色彩斑斓的午后,多年轻的海,
流光丰腴如唇部暗涌的
桃肉,将主语丢进
浑然的人群,金属涟漪
尖叫,一个疼痛的异声,新鲜
红木椅子抓住古老跌倒的躯体。

草坪宽阔,额头依稀
青鸾的倦容,碎花剪裁凝脂
匀婷吐息,她涉瓷色绿水而来,
寻觅千年的伤心桥,
电梯把玉兰和狐狸载上楼,历史
从右边下去。

血统暧昧的城池,和平似
母亲透明的春秋寝宫,书籍噤立,
头顶水域高悬一张褶皱的镜子
眼纹鎏金、性感。脸穿过兰花的女儿
颤如一把惊弓,在天堂般的视线里
小鸟操持着妩媚的生涩,
指尖啁啾,刺绣乳白色的羽
哪一片晦暗,哪一片即是命运羞怯的
下颌。被予夺的阴影中
嘀嗒嘀嗒,

她静止,便对所有人隐瞒
心脏内翕动的机芯梅瓣。

小国度

此刻触摸你的风和四年前是否为同一双手？
着火街道上
亲爱的，沉重的相拥，
你由水蓝褪色而成孔雀绿的发尾
血管般缠进颈窝。那天我最后的领地
退缩至六楼侧面镶边的小阳台，黑暗里
围栏的铁皮肤曳着彩虹伞，藤蔓叶子上
扑朔的火光仰泳，它们簇拥的窄木凳
正成为庞大幽绿的潜水艇王国。

不知谁散布了谣言：
集齐一对银色手腕可与心爱的天使兑换
永不变心。

四年前你拔下翎羽
却依然学不会在人间生活，就像人们剖开天鹅后
看见百合花烂醉的骨骼，四年后我孤独得如同
一场热病，楼梯间漫山遍野的影子
拉着我的手奔跑，我捏出月相和雪糕的歌声
口袋里小羊破壳而出。

每一夜这里都建造起新的
悬崖,从削尖的顶端跳下
就能摆脱不为人知的鱼尾,每一夜我在这里
获得新的双腿,疼痛地走满二十四时
再回到原地,重新结痂。

我永远的好朋友,四年过去他们的刀
已经伤不了我了,如今我比眼泪更坚硬
变成苹果核的花纹变成红色手指上微弱的磷火,
变成吞食噩梦后眉间诱人的裂痕,再没有谁
有力量割开我,哦亲爱的
鸟的尸体可以浇沃一座焰宫吗?

我献给你我所有的
幻觉和隐秘的血液,献给你
我心室里雏黄脉搏的花朵,请你像准许夜晚一样
准许我爱,准许我死。潮汐来临时,
我们将在海洋色虹膜中一同飞翔
然后殉难。

第四辑

你是我相思在籖的月亮

青夏

暮光跌落掌心,而后破碎,
那天我翻书时故事尚待结尾,
字字恰如他眼眉,
略微青涩于,长夏雨水。

相思

他抽出明月刃,吹碎梅花满身,
等一个人时,
忍不住把笛声织进诗下文。

从此何处有风的蹄痕,
相思就在何处暂获自由身。

永生花

为描摹你许久前的一个回望,
我跋山涉水,访遍了笔下所有意象。
单薄字文都太寻常,平白词句,
难当浓墨滚烫,不抵活色生香。
最后想了又想,
纸页上只裁下二三两,欲燃心霜。

你是我相思在籍的月亮,
二十余载误落尘网,不老的潇湘。

收音机

那天赤日流亡,
暮光鎏金,浮涌收场,
于唇吻绽放一簇绮霞琳琅,
晚风终究藏不住心事,
将爱意再版翻唱。

白衬衫将暗恋流放,
只剩夏天把思念写得欲盖弥彰。

桂落

写过太多诗的手腕也已沙哑,
黄昏吻痛秋天额角依约的疤,
他独自在过去徘徊,
目睹凋零的街道用身体包扎一枚缄默的喧哗。

书里的念白还没坠下,
少年的鬓发,就落满了桂花。

单刀会

从诗里折下一枝阳春,
千里迢迢来叩你心府重镇。
他人是千军万马,世相纷纷,
我只单刀赴会,
落在你眉梢的清晨。

受潮的诗

那是一个尚待拧干的黄昏,
写下青春时我仍有潮湿灵魂
和许多命定般的时辰,
有人来人往,沿街碰杯,
有多年前
未曾坠下的一枚热泪。

注视

你目光深处有深蓝火山,
羊群,风暴,古老的村岸,
再不望向我,
那载满月亮的双桅船,
就要在你眼底汪洋一颤。

花之吻

你眨眼的一瞬,
我依次看见蓝色血管、春天、淤泥、神。

"缠绕我喉咙的花与藤,
与你的心迹环环相陈。"

雨季

烙在骨头里的黄梅季,
阴郁的都市锈上青苔与铜绿,
眼睫下的城池遭遇一场前所未有的大雨。
至于吻你,至于对白的后半句,
正在以蝴蝶振翅的速度死去。

你知道,亲爱的,
我这一生,向来只擅长悲剧。

雪之痂

是心动啊,少年走过长廊的步伐,
曾催开我满街风花。
心事发芽,春昼喧哗。
那时我溺于海洋般的盛夏,
最偏爱你的参差笔画,繁茂枝丫。

后来我一身盔甲,一生走马,
唯独心脏绣着雪做的痂,靠近你就融化。

霞吻

落日为证，
那天在你眼底捉得羞涩余温，
万千辞藻惊鸿一瞬，
从此风流笔墨为你困顿。

你是乖张心事难成文，
我是清风笨拙、破绽百出的触吻。

围城

你嘘寒问遍了全城的雪,
唯独没向冬日道别,
我的爱从此徒失荣枯季节。
长风起时,冷月熄灭,
我陷落你,便自知难渡一劫。

朝生暮死的情人

某个鳞翅目昆虫般濒死的黄昏,
患上湿漉漉的、溺水的爱恨,
一千种来由不明的疼在她体内藏身,
谁也没有阻止月亮发生。

最后一次喂我的灵魂吃下布洛芬,
我们就去楼顶跳舞。
让爱灭绝去吧,
反正我们只是末日里,
朝生暮死的情人。

餐桌上的歌剧

请允许我无法轻声细语,
我要暴烈、汹涌、躁动着爱你,
爱成所有艺术的表达形式,
爱成午夜歌剧。

"你每个吻都在切割我,
就像切割一块草莓蛋糕,或者一颗甜梨。"

病愈

亲爱的,这一切你无须在意,
我缀于眼角的无声悲喜,
连同心底所有名字的废墟。
玫瑰血渍枯萎于床头半熟的情诗集,
我廉薄的缺口终将被你痊愈,
那样不值一提、轻而易举。

"那个花丛坍塌的午后,
埋葬的是我,第一万零一句爱你。"

梦碎片

她出走时踩着落日碎掉的瓦片，
蝶骨、文字，哭泣的心脏，
春天暧昧地与刀锋缠绵。
指缝里闪烁五光十色的人间，
长满花朵的潮水，
她对视，未曾生身的永眠。

纯白者

我的爱人,你无须纯白
你总担心我只爱你翩翩姿态,
爱你流亡野火永战不败,
爱你骁勇峥嵘万夫莫开,
爱你仙骨根根难沾风雪尘埃。
你用尽一生诗意文才,
问我够不够落魄清白。

我的爱人,其实你永远无须纯白。
你该记得,我分明贪你一切色彩,
无分里外。

陈述句

你形容我时,镇定自若,
语言瓷白色,具体、精密,
软组织包裹骨骼,血管微微透出轮廓。
字字句句好整以暇,鳞片没有一点斑驳。

亲爱的,可我不要客观描摹、不要隔岸观火,
我要你,颠簸、踉跄、血肉苦弱,
用气若游丝的口舌,陈词。

第五辑

杀死樱桃,我满书都

樱桃与诗

奶油绒杏酿过指尖,
糖果超载,多巴胺断电,
血管里流淌着甜腻的夏天。
饼干准备好酥脆的心脏,
迎接一场碎骨粉身的对撞。

杀死樱桃,我满手是诗。

年轻的琥珀

十月,盛夏的尸身
还没来得及被掩埋,
少年的鬓发早已落满
桂树的翳影。

他老得太快了,
像一盏泛黄的骨瓷,
上面布满枯瘦嶙峋的花纹。
用尽所有语言,
他知道他无法留住那个
摇摇欲坠的午后,
连同那些鸽子,还有
时间滴落在窗棂上的脆响。

他感觉安逸,任由阳光灌进房间
溺亡他,并且
变成一具年轻的琥珀。

囚徒

船的骸骨屹立在沙滩上,
海水吞吃红锈教堂,
乌鸦绝命于世人的唾章,
诗人把绝望尝了又尝,
张口咬碎了月亮,
翡翠散落在波纹的睫羽旁。

"陆地的囚徒既无翅膀,
又难踏足海洋。"

夏天的疤痕

　　黄铜月亮锈住瞳仁,
　心脏失帧,爱意共振,
一万个黑夜闪烁着沉沦。

　　我们用伤口接吻,
　身体滞留夏天的疤痕。

心脏里的玫瑰

我抱着我坐在黑暗里
歪歪扭扭地缝绣。
破损的版图成为文章,
落针的走线成为诗行,
我东拼西凑,
缝合不出一颗健全的白昼,
于是黑夜下场雨,玫瑰就湿透,
所有爱欲镀鸽血红的釉。

多肉月亮

影子里寄生了一颗多肉月亮,
从此我再难以阅读烈阳。
篝火旁人们谈论爱、蜜和死亡,
还有灵与肉互诉衷肠,
一万种蔚蓝从手腕处吟唱,
庆贺我未经修辞的致命伤。

夜晚

灵魂细碎的伤口被蝴蝶感染,
爱意蛀朽,夏天溃烂,
月亮的枯骨被啃噬得零零散散。
土壤埋葬过好多伤感,
再也种不出浪漫。

"我灵魂锋利但皮囊柔软,
烧半具诗骨,写夜晚。"

自画像

恰似凛冬里一只绒线蝴蝶的预谋,
　　散开金属制粉红丝绸,
贝母色月光乖顺地匍匐在我膝头。
　　使用一些丙烯与水彩,
我知道自画像上骸骨和石榴,
　　呼应你心底一个死去的宇宙。

　　"身体里落魄的艺术家,
正匆忙地缝纫着时间的港口。"

她

她是一阕年久失修的词,
再难驯化身上的玉宇琼楼、重峦宫殿,
连同富丽堂皇的修辞和比拟,
秦叹,汉歌,六朝遗迹。
她在倒塌、流离,
踉跄着归于尘土,
多年前盛世攀吻她眉心时带有一种贪恋的亲密,
可现在
她眼里只住着的一面灯火通明的湖泊,
上面锈满了蚀骨的月光。

年轻的历史在她周围跑来跑去,
其中一个绊倒她琵琶襟上经年的雨。

遗址

在还会唱歌的日子,
她喜欢写一些春天、爱、婉约诗,
长短相思,
还有小儿女的水粉胭脂。
可是她已经走了太远的路,肩头
刻满了霜雪的碑文。
见不到天明了,
她跪于滔滔千古兴悲词,端庄得
像座哑喑的遗址。

迷路

旋转的梦脊,
装下浅水域和诸神黄昏,
废弃花园里,
大天使像血肉模糊,
玫瑰厌恶白栀子,
无暇是有罪的败笔,
阈限空间踏上天国翅翼,
蓝眼睛疏离,
我不得不迷失我自己。

拼接我

娃娃机里脏兮兮的玩偶,
五颜六色的彩虹糖,
游乐园空无一人,
或许摇摇马可以救我,
在登上开往孤独的列车前,
请粉碎我再拼接我。

留守二〇〇〇

我误食千禧年的苹果,
显示器复制粘贴我,
一个我在医院挂着蓝色药水,
三个我在走廊被云朵绊倒,
红气球牵着毛线小羊来过,
还有九十七种孤独未解锁。
百货公司蒙上柔软灰尘,
彩虹积木散在回忆里,
原来大家都长大了,
只有我还被困在原地。

不必着陆

长长铁轨通向永恒的游乐园,
空无一人的木马转了一圈又一圈。
有穿着燕尾服的矢车菊指路,
门外云只有三步,
你我灵魂永不必着陆。

黑夜全勤奖

黑夜从我的滑梯跌落后大病一场,
　　　卧病在粉色被单的小床。
　面目模糊的秋千在草地上游荡,
　　　　脚下开出艳红蘑菇。

　　　　月亮从不怕疼,
　它不在意身上五彩斑斓瘀伤,
　　　　只想要个全勤奖。

橘子图书馆

狼吞虎咽一些书籍后许久,
敞开的电梯向我展示空空的
胃袋。一只橘子的器官
不安分地穿梭着,饱满鲜艳。

许多动词在厅堂的喉舌间
慵懒地徘徊,偶尔汇成语言渡出,
更多的被风干成一颗颗名词
晾晒在胸腔里,浅绿色,
玲珑的葡萄干。

关于窗台,每个造访者分得
一块狼藉、多汁的月亮——
从深不见底的泥土里。

如何才能在图书机器上查询出
黑夜的名字,以及著作。
文献综述被金鱼吃掉了
而一杯茶在喝我的电脑,
一切都合情合理,猝不及防。

倒悬

茶杯里皱巴巴地浸着一个朝代,
滚水冲泡了几轮,刀光剑影、幽绿地睁着眼,
此刻人类血管中汩汩咖啡因
如同旷野里奔波的谋士,玄铁制眸光把谁
钉在困意的尖木桩上,目击自己
生动嘶哑地挣扎、溺亡,
黑夜和白炽灯黏糊糊地煮着稀薄的
军饷,书里正学到
魏晋南北哀鸿遍野,一些人理所当然
成了残兵和流民,思考被腰斩于
意识熙攘的河流,多么像
后英雄时代,嵇叔夜霓虹色的洛阳东。

一个家族回想起许多年前身中的铁脊箭,
破空而来又不着痕迹地穿过,彼时
他们以为一切无恙,如同山河千百年来
天真、诱惑的嘴唇,一场宏大叙事里
权力与原始肉欲互为本体和喻体,
没有人察觉心脏里滞留的箭镞,锈
那年轻的面孔,早已定夺了
栩栩如生的宣判。
书桌长出蒿草,
刀光剑影、幽绿地睁着眼。

高速夜路狂想曲

跌坐在灯光的湖水里,我埋怨着
春天过于深邃的双眼皮,
黑夜从事物腹中急速掠过,
速度被远远甩在后面。

书页,白色柔顺的皮毛
贴着脸,像和一只动物亲昵,
按兵不动时文字先于我开枪,
多年前摄取暖色的柔软
记忆,狼吞虎咽
寓言篝火明亮的趾尖。
弹孔追着猎物,
辨认逃犯是困难的,此刻只有
母贝色月光笃笃地叩着车窗
跨国追捕。

没有一种叙事可以逃离环境,而我们
早已沉入湖底,在波纹里重复
曲折婉转的一生。

水果乐园

刀尖能站稳多少天使?她提问
语气发甜,瞳孔痛得像对熟浆果,
两粒漆黑透亮的弹孔,嘘!静谧如一桩深水
丑闻失语,疼的
糖分的目光淌了满脸,漂亮词汇
衔取语音纽扣,缝合她胸口瞬息矫健的死,
软桃微笑和春天永生不老的疤。

花瓶里插着束心脏,包膜上密密匝匝
红玛瑙齿痕,一点晶莹的夜,
石榴坏血
灯色颗颗臃肿,脐橙瘀伤的泪眼跳动。

沿着街道切开手腕的西红柿
与蛇接吻，不必恪守那些
虚线，空蛋壳
盾牌欠身，露出中世纪奶白城池，
她不由服膺于骨骼的精密，而血液喧哗，
呼吸嫩于生生扣下宝石扳机，轻薄
鹅黄、青、璨绿，含满草叶的原野凉爽
马匹丝绒般悸动、凋谢，摊开一只
不肯阖上的雪梨。

呼喊生有筋肉分明的笔画，一声声
幼时写名字的认真，手指憔悴。
捻起一颗卵石的沉吟，怜悯乌梅：
这瑟缩的小永夜，她无用的伤悲
情同手足的镜子，旁人针尖般不屑
骨灰烟花簪着犊羊的舌尖血。

"你是否已抵达极乐？"
人们依旧戴着镣铐饮火，而你
早于一切
穿上媲美长风的轻盈，
断裂的短音如龙鳞转圜的暗纹，步伐愈远
愈威仪。你狡黠，逃脱一种涩重，
踏入甜的秘密掌心。

仲夏夜凶手

坍塌前喝下许多沥青，
以便沉入睡眠底部：毫无滞涩，
动作轻得如同河床窸窣摇曳
一颗深不见底的泪痣。
或许只有墙上镶嵌的蚊子血，
可以作为那永恒政权
杀死我唯一的证据，我们亲手交付
玉璧。凝脂满脸。

如何熟悉身体里太多的白？
灯吃不下我，而你
不明白我颤抖的篇幅外
一个孤僻的引申义。

收兵吧
寂静来临时我们才能走出花园,
影子,拖曳在身后
塑料袋般的胚胎,毛绒五官
在光与暗细细的夹缝里迟缓地
发育着,与你嫡亲的
一颗樱桃。

夏天,一场流放的陌生化表达,
我们早已回不去。语法生苔
楚国的午夜乌托邦,在街道数着肌肉线条
颜色馥郁、绵软的力度。
可又能去哪里?

旧回忆
那平坦的小腹,失去再次孕育我的可能,
熟悉的路口悬挂如一幅陈年油画
皲裂、淌出温暖和荒凉,
我们不约而同,秉笔直书
绚烂地篆刻伤痕,一刀刀
风情万种的皮囊。

玻璃猫与糖医院

十字弓对准三月的心脏,你已吞服下
足够艳丽的菌类。瓦蓝房间里
亡者不断弹奏电子琴,长久的注视
使陶瓷花朵开满岸堤。面孔潮湿
你是沼泽或者猫,绵软的
杯子碰在一起,我早说过粉红火焰喝起来很像
牛奶兑百利甜。阁楼上关着一小片天鹅湖
你把睡衣褶皱的涟漪织成手腕的珠串,
我们大部分时间生动,偶尔缄默
耳垂上戴着两枚孪生的星星。

你知道
我越来越难以承受春天施加在我身上
骨头的重量。飞蛾神绿的泪滴
镶在裙边上,遥远的疾病使人浑身疼痛,
我仰头打碎火的瞬间
龙面花溢出皮肉,晶莹的糖果在你手心
闪闪发光。那时我们共享鳞片、月亮与刑具,
在甜糖夜,起身
走向命运更深处的官邸。

永夜乡

我在她黑眼睛的缺口处目睹一张
夜晚的嘴唇,她的眼神贴在暮色袭人的薄镜上,
隐秘而贪吃地禽动。那里
有许多楼台,每只花瓶都长着
塞壬的喉咙。独角兽在昨晚的瓷器上一直跑,
心脏是座坏钟表,胃里开满了肿胀的花,
绿屋檐下绚烂狰狞的春天
戴着一对哑掉的玉耳环。

像闪电穿过蝴蝶兰紫色静脉，
那急促的死，是她一生所拥有过
莫大的幸福。

夏日的瘀青

◎ 白日花园夜巡记

没有光。阴郁的房间里阳光需要重新浣洗,而早晨订购的日出还没送达。噢!这日益臃肿的物流。她吐出肺里的脏兰花。

◎ 夏夜

在夏夜，我是一切随风蔓延的感官，无限扩大，无限升高，姣美的黑暗里，我的毛细血管衍生出辽阔而喧哗的寂静。

疾速掠过融化的人群,房屋低垂的暗部如此坚硬,我目睹树的手折下一枝又一枝翳影,如同从绿色鸟笼里拆除肋骨,越来越多空旷的河流倒下。不可解读之音绵延起伏,声响鲜艳。

至于关节里微微泛潮的,是城市
蓊郁的心脏还是秘密森林?野草
早已漫过时间的嘴唇,我们的陈
旧还很年轻,互不言语。

远处窗口里,一颗橘黄灯的睫毛
簌簌翕动,某种颤抖的、浓密深
邃的疼痛亮起。

◎ 塞纳河的无名少女

面具将从死亡之上摘下。然而死亡也不能夺走这恬静之脸,永恒的笑容,永恒的美,瞬息的凋零和凝固的长生。她的笑没有一丝缝隙,没有人能从其中走出,也没有人能够进入。

所有事物都穿上流畅的线条，毫无滞涩，河水柔软的手捧起她的脸，肺里断线的空气，银色珠箔颗颗滚向水面。它们接近真实，而后碎裂。
那个阳光如花朵丛生的下午，她带着瓷器般皎洁的神情，坠入的究竟是水，还是生命之火？塞纳河，你艳丽的胸口，溺亡的又是蒙娜丽莎还是奥菲莉亚？

        河水永远喊不出一个姓名。她紧握斑斓的水如同抓着少女时期的床单，在面具下面，完成了微弱的一生。

◎ 时间之海

一个又一个昏重的日子坍塌,满地锈迹,街道壮观如一座古老黄昏。手掌上斑驳的铜绿,不存在之人的热泪,我们逆光的脸被时间合拢。表盘里,秒针扑簌,火烧完了最后鎏金的衣角。

在装满钟声的傍晚迷路,树木、
房屋和人类起伏的轮廓,万物缄
默于无穷无尽连绵浓稠的蜜色,
一个闪烁的手势中,夕阳打捞起
多年前陈旧而湿润的朝代。

◎ 油画

巨大玻璃窗外的景物,天空、红顶楼房、金色阳光,都像梵高未干的油画一样稀疏地融化、淌落。所有的所有。颜色旷日流亡,目光无力地掉落在砧板上。

桌上一个梦做着惺忪的麦田,草木拔节,人们脸上的光斑长出叶子,线条徐徐分开,流动的笔触里镶嵌着馥郁的血和宝石。

安静,抑或尖叫着燃烧的午后。

◎ 芦苇之地

真理大厅里那年久失修的血,为何忽然引吭高歌?声音内部镂空,里面装着她的爱与死,悬首的刀尖。"肉体的死亡为灵魂开启永生的大门",奥西里斯的天平上,心脏,这空空的容器,在与羽毛的较量中一败涂地。

她步行，浓雾弥漫的港口栖满熔化的火焰，缠绕在天空斑驳的颈上，面目模糊的人在此地徘徊，他们被混沌诞下而后又被吞吃回腹中，严丝合缝地咬合着一个悲剧。

芦苇地，梦幻中丰饶的泽国，谁在世界尽头找到生命起点处丢失的东西，并把它们安回胸腔？

◎ 游园惊梦

蚕蛾飞过,象牙白的翼上目光闪
烁。电梯显示屏上组成楼层的红
线,沿着铁的喉咙一直垂下去,
接通一楼和十三楼,两座封闭的
后花园。

长发的柳枝细密地在阁楼旧址上
织出大厦,厢门灰色的脸转向两
边,荷叶走廊递来一张烫金纸条。
水面薄薄的灯光,擦拭着台阶刀
口处那婉转的锈,仿佛一张请柬,
引诱她从指尖坠入湖中。

直至一粒晶莹的动词击响,天空划过乌鸦红色的裂纹,凝固的空气血珠般飞溅,她开始飞奔,加速,在黑夜猫科动物般的瞳孔中,窥见自由猎猎的风声。

◎ 夜的圆舞曲

她在夜里透骨地着火。
灯光照不亮她,黑暗的血统孤独
又广袤地燃烧。

她在密不透风的房间跳舞,占有
窗纱后面,暗涌变换的真实。光
与影汩汩偾张,发丝金红,盛大
和落寂含混不清,神色惶惑。

她发光,她溺亡。
她是众神指尖倏然火焰,急遽坠
向献祭一万次的人间。

◎ 织梦者

一个空灵的名字正等待你,仿佛舌尖最初的鸢尾。夜晚从堤岸滑入透明的原野,寂静而旷远,你无声无息地张开一个巨大的国度。

黑暗好像一匹丝绒,我们的影子
倒映着雪,用孩童般纯粹的脸唱
出未曾谋面的命运。草地浮起泛
光泽的呓语,零星几棵瘦落的树,
隔着月光,在你身上辨认出彼岸
的痕迹。

                非现实之风吹过。我的灵魂战栗
                如一只蓝色万花筒,星辰的重量
                和花色,在我体内瞬息万变。

◎ 花的尸体

吃掉一页书。甜腻腻的,味道像
小时候吃过的花的尸体。

　

　

　

　　　　　　　　她仰起面孔,顷刻间被光淹死。
　　　　　　　　连同周围携带蝉声的树,他们被
　　　　　　　　夏天吃干抹净。

她穿着白裙子,在阳光明媚的午后忍不住呕吐了起来。

◎ 关灯

垂着眼扭动开关的时候我并无意识,只想关掉灯,关掉躁动的声响和热源,关掉即将排山倒海而来的汹涌人潮,再关掉窗子外疯长的夏天。

光以液体的形式大片流淌在你皮肤上,倒映出黑暗中湿透的眼睛。

于是我也想要关掉你。

◎ 疼痛的记忆

腹腔里堆叠了许多把匕首,覆满散发着血气的、锋利跌宕的坠痛,却又不是很明晰,而是边界暧昧的。

                        牙齿在嘴唇咬出一个小包。

我不得不承认疼痛比舒适易于描写万倍,含混不清,忧郁深刻,像半睡半醒的房间里散落一地凌乱光影。以某种复古的方式油画般疼着。